U0068280

〔美籍·俄裔〕阿道夫·施維德可夫（Adolf P. Shvedchikov）◎著　　　紳藍清◎譯

# 詩 101

# One Hundred and One Poems

景色分外清幽美麗

穿行於樹林與草間

金色陽光溫柔灑在大地上……

# 作者簡介

　　隋齊柯甫（Adolf P. Shvechikov），1937年生於
俄國沙赫蒂市（Shakhty），同時身為科學家、詩人和
翻譯者。1960年畢業於國立莫斯科大學，現為俄羅斯
科學院化學物理研究所資深科學家，美國加州洛杉磯
脈衝科技公司化學部主任，主要研究空氣污染環控，
迄今發表科學論文150篇以上，於俄羅斯、美國、巴
西、印度、中國、韓國、日本、義大利、馬爾他、西
班牙、法國、希臘、英國、澳洲等國的各種國際性詩
刊發表詩200首。詩譯成義大利、西班牙、葡萄牙、希

臘、中國、日本、印地等文字。國際詩人協會、世界詩人議會和國際文藝家協會的會員。出版詩集：《我的美國發現之旅》、《在日落之前》、《我的人生、我的愛》等。譯成俄文有《16至19世紀英語十四行詩150首》（1992年）、《莎士比亞十四行詩》(1996年)、《溫柔的美感》（2007年，李魁賢原著）。

# 譯　序

　　為高雄策劃2005年世界詩歌節時，我廣邀了各國代表性的活躍詩人，包括已歸化美國的巴西女詩人裴瑞拉（Teresinka Pereira），她創辦國際作家藝術家協會（International Writers and Artists Association，簡稱IWA），熱心文學和社會運動，社會主義色彩濃厚，雖然她另有行程，未能來台參加詩歌節，但把消息發佈在協會通訊上。

　　隋齊柯甫是看到這消息來信連絡，有趣的是隋齊柯甫和我有很多巧合，我們同樣是1937年出生，同樣是化學理工背景，同樣在業餘不遺餘力從事詩創作和翻譯，同樣是IWA會員，同樣是印度麥氏學會（Michael Mudhusudan Academy）詩人獎得主（我是2002年，他是2004年），後來又是希臘詩人柯連提

亞諾（Denis Koulentianos）四種語文詩集《玩具》（2009年）的共同譯者（我譯漢語，他譯俄語）。

我們互相通信，交換作品，不約而同翻譯起對方的詩，用不到一個月，他就把拙著《溫柔的美感》全書譯成俄文，速度之快顯示他對譯詩態度之熱烈和投入之深。我則從他陸續剪寄的英文詩篇中選譯，完成101首，按英文題目字首為序編列，組成這一本譯詩集。

隋齊柯甫的詩大致上是承繼阿赫瑪托娃（1889-1966）、帕斯特納克（1890-1960）、曼傑利斯塔姆（1891-1938）、茨維塔耶娃（1892-1941）等人的俄羅斯浪漫主義抒情詩的傳統，一方面抵制蘇聯時代社會主義現實主義的社會功用論，另方面還要對抗歐美現代主義刻意玩弄技巧漠視意義的風潮。他的詩有情有義，意在筆先，跡近樸實無華的字詞，不矯揉、不造作、不扭捏，讀來清爽可口。

隋齊柯甫的小品抒情詩，有如春花、有如夏雨、有如秋月、有如冬爐，讀來時而令人心曠、時而令人神怡、時而令人沉鬱、時而令人溫暖。充分表露一位

科技人在理性職場工作餘暇，抒發內心感性的自然情懷，也正好代表平常人尋求以詩情陶冶感情生活的一項渠道。

人的性情不同，各如其面，對詩的愛好，也有千差萬別，品味不同，各取所需。隋齊柯甫的詩，看似清淡，卻夠清悠，忙裡偷閒，隨手拈來，讀上一、兩首，賞心悅目，即使稱不上極品，尚可參透任督二脈，順體流轉，值得回味。詩貴真情，性情中人當能體會：情真，則意切。

讀隋齊柯甫的詩，可以充分感受：詩不在長，有情則靈；詩不在巧，有意則綿！

*2009.09.14*

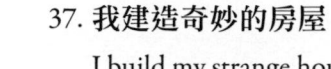

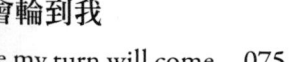

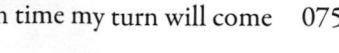

# 地獄熱浪來自七月

## *A hellish heat wave is coming in July*

地獄熱浪來自七月

你感覺像蛋在煎盤上熬

你失神　不成為人

你凝視廣闊炙熱的天空

而你仍然不瞭解

為何你活著　或活不下去

你心跳狂亂　熱　熱　熱⋯⋯

你不能呼吸　你不能呼喊

或許你會想到　都是謊話

我不否認你是對的

你自己測試如果你夠機靈

七月歡迎到科羅拉多州來

# 天亮啦，醒醒吧，親親！

## *A new day comes, wake up, Your Grace*！

啊　迷人的優雅容貌

嫵媚的矇矓睡眼

看看天空多麼笑臉盈盈

天亮啦　醒醒吧　親親

啊　讓我親妳擁抱

夜已遠揚　沒有月亮

我的至愛　拿這咖啡匙

我已準備擺好一個位置

我把花插進花瓶內

我帶來牛奶　一塊乳酪

新鮮硬麵包圈　奶油　蜂蜜……

請摔掉妳天使般的夢痕吧

# 一日蝴蝶

## *A one-day butterfly*

蝴蝶妳多美啊

只活一天

有精緻蝶翼的迷人精

只有納波柯甫差堪描述

主啊　祢怎能為她

選擇只有一天的生命

這想法太可怕　他殞命

會被放進盒子裡

用針釘住且登記在目錄內

語言無法描述這種

永遠禁錮的恐怖

我的一日蝴蝶呀

我們彼此多麼相近

只因我長壽而分離

而我們命運相同

在我們進入空無王國時

# 俱往矣

## *All in the past*

全部鳥群都已靜默

我再度回到我們熟悉的地方

我看到同樣樺樹和雲彩

同樣人行道　同樣草地

蜘蛛織網一如往昔

可是我來此卻無妳作伴

這多麼沉悶的靜默啊

我的迷惘是多麼沉重啊

秋天又來到　安寧　祥和

多彩的樹木站著沉思……

像生死的奇異交揉

一切都已成為往事……

# 給我疲憊心靈的永遠寓所

## *An eternal abode for my tired soul*

有一個王國由我的守護天使掌管

我在那裡建造秩序井然的家

沒有低俗的嚼舌和污穢的口涎

那王國離肥沃的平原太遠

我喜歡這個給我心靈的安全寓所

有安詳的平靜　下著細雨……

沒有緊張　沒有神經過敏的焦躁

你深沉的思想可以暢行無阻

當死神來臨毀滅了肉身

我不死的心靈會繼續漫步

繞著無止境晶瑩剔透的家

至於我的骨灰怎麼處理都無所謂

# 期　待

## *An expectation*

我們都在找自己的星宿

那遠方明亮的星星

我們尋覓天上的路途

能夠到達導航的晨星

我們都接收神聖的愛

每一位心靈都想膜拜

給我們翅膀得以飛翔

當每人都是咕咕的鴿子

加冕的凱旋等待我們

榮耀編織月桂的花環

此刻即將到來　吸一口氣

永遠擺脫惱人的紛紛擾擾

# 身 心
## *Body and soul*

妳的身體像純潔百合

我欣賞妳嘴唇微細的汗毛

妳的身體華美

我已經準備好要一生

溺愛妳　我要在

清晨醒來

撫摸妳至美的手臂

碰觸妳潔白的山崗

多麼令人神往啊

愛情的玫瑰

# 來愛我吧，詩人呀

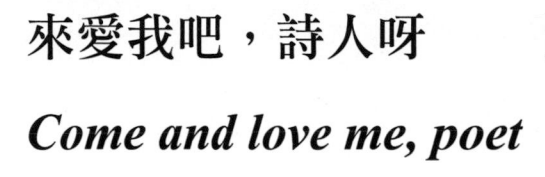

# *Come and love me, poet*

　　來愛我吧　詩人呀

　　消除我厭煩的生活

　　這些年來我老是聽到

　　同樣鐘敲出同樣聲音

　　來愛我吧　詩人呀

　　把你的魅力賦給我

　　我累了　累到再也

　　受不了這樣的生活

　　來愛我吧　詩人呀

　　但願我的感受獲得鼓舞

　　我不想在十七歲就凋零

　　把我的心帶往天堂

　　啟示愛的祕密

　　帶走我的愁緒

# 創作的苦惱
## *Creative torture*

我的心情變化像月亮圓缺

一下子興起　一下子頹落

我裹在睡衣內的心靈

仍然活生生　蹦蹦跳

但單字和詞語都是假

我有時感到像是籠中鳥

書頁上都是蒼白的字句

你逃脫不出可怕的迷宮

沒有光　連一絲閃光都沒有

沒有靈感　呼吸不順暢

生命已過時　瀕臨死亡

沒有希望　沒有夢想

但你突然鼓動熱烈翅膀

打開無人能夠佔有的庫房

你把魔劍擲向空中

你閃耀的七弦琴又開始彈唱

# 暗紅夕陽

## *Dark red sunset*

暗紅夕陽降臨

預兆惡劣氣象……

以前發生過許多次

還要重現許多次

同樣飽含眼淚的雲

同樣陰沉的海水……

我感到悲傷臨危來襲

嚴厲痛苦深透我心

最後光線消褪

黑夜遍佈……

# 日日不停

## *Day after day without a stay*

日日不停

自然進行繁重的工作

有人高興　有人破滅

都因殘酷的時光　這隻猛禽

你必須付出生命的

很高代價才能獲得保護

時時刻刻一把兇刀

會從路上突然彈出⋯⋯

那陰沉的日子來臨時

你會從牧羊群中流浪出走

當你的生命像破船撞上岩石

不要流淚　只有祈禱

# 愛情宣言

## *Declaration of love*

時間飛逝　我開始計算日子

我不再掩飾華髮蒼蒼

我不想繞著妳漫步

像孔雀展開尾羽

但保證我會關心妳

也許我的語言無味

但我不戴面具沒有多彩

塗繪我的愛像滿樹繁花

我想可以日常的語言談愛

對我　愛情像呼吸

而落入情網意味忠誠不渝

# 生活無趣

## *Disappointment for life*

我的生活充滿快樂

我是著名的狂歡者

如今喪失了一切

我的朋友遺忘我

我的親戚不願見我

我不知道

何處可以找到棲身所

我在世界到處流浪

像磨損的硬幣無人在乎

我是誰　我身在何處

# 我會關心嗎？

## *Do I care*？

我會關心

為何無聊的日子這麼長

我呼吸黑煙濛濛的空氣

而我的業務老是出錯嗎

我會關心

看到沒有笑意的眼睛

在灰塵瀰漫的窩裡生活

常常寒冷得像冰嗎

我會關心

城市裡可怕的瘴霧嗎

我幹嘛關心

如今我全盤生活已經顛倒

# 別走，請與我同在

## *Don't go away, stay with me*

命運把妳送給我當做禮物

妳是黎明前的靜謐

妳是甜蜜夏季的起頭

別走　請與我同在

讓我渴飲聖露

給早晨的花卉芳香

讓我歡心暢飲

妳愛情的毒液

別走　請與我同在

我啞然無語　我等妳

向我湧來　如像一陣熱浪

以妳天上的光照耀我

別走　請與我同在

# 妳想知道愛的意義嗎？

## *Do you want to know what love means?*

妳想知道愛的意義嗎

當心已破碎

而妳止不住歇斯底里的眼淚

妳想要明白愛情的神祕嗎

妳想逃避群山中的

雪崩嗎　這是浪費時間

妳永遠無法預料愛情的邏輯

# 我童年的魔女

## *Enchantress of my childhood*

我回到童年

我記得哭泣的柳樹

我藏在那濃密原始林裡

夢想我的美女　紅唇像玫瑰

我跟隨她到處走

我熱烈吻她的衣裾

我注視他的金髮

但她不許我求婚

啊　我深愛的魔女呀

我的魔法師　我無法企及的女王

告訴我妳的國度在何處

迄今仍然沒人見過

女王長久保持沉默……

到後來我才明白

每一件事　無論愛或暴力

端賴生命力的心情

而那神祕的女郎

是我們未可預料的生命

此刻撒嬌卻隨即準備

刺出致命的利刃

# 永恆的夢
## Eternal dream

萬物已沉沉入睡

或許永遠不會天亮

我凝望黑暗無月的天空

只有閃爍的星星熟睡像小不點

雲彩正在體細胞的夢中

我們為何必須相信這虛幻的世界

我們為何要期待有人

會關心我們的存在

我把詩行送到幽冥的太空

任其在群星間流竄

於永恆的夢中……

# 明日的自由心靈

## *Free soul of tomorrow*

人像海洋中的波浪

無法預料的人生海洋

他不能停止時間運轉

他在死神的刀前軟弱

當命運之風吹颺

帶來不可避免的終結

給予他短暫的歇息

在永恆之地的前面

抹消了苦難和悲傷

宛如從來沒有過

拉近了明日的黎明

沒有其他人見過

他的身軀　昨日的奴隸

會睡在狹隘的墓穴

但他的心靈會找到解脫

飛翔遨遊於明日

# 初　雪
## *First snow*

夜夜變得又暗又長

風更凜冽更寒霜

白天愈來愈短

啊　冬天　急急忙忙

從沉睡淒清的夜

初雪吐出了悶氣

初雪　給我潔白的舒暢

跟妳生活在一起更棒

靜悄悄的雪　妳令人陶然忘我

雪花飄舞是多麼迷人

初雪　許多命運的組合

初雪　聖誕節　新年快樂

# 妳身體的地理學

## *Geography of your body*

我是戀愛中的地理學家

我在妳的身體上繪地圖

在未墾地四周徘徊

妳的果園標示著細節

妳的頭髮成為密林

妳的眼睛是藍湖

妳的手臂是河灣

妳的胸部是美麗的山崗

這裡有動人的斜坡

延伸到深邃的峽谷……

我想在地圖上描繪出

妳身體上的每一細部

但我怕無法找足夠的紙

繪出鉅細靡遺的地圖

# 夢中女郎

## *Girl of my dream*

妳是我的夢中女郎

我迷戀的心上人

沒有其他可以相比

有時我想　妳是真實

或是我想像的虛擬

我尋找偶像多累啊

但我不會停止尋尋覓覓

直到我的生命告終

我會繼續尋找妳

在每一個短暫的日子裡

# 給我宇宙酒喝

## *Give me wine of the Universe to drink*

大地啊　妳的浪子回家啦

讓我擁抱妳的廣闊無邊

讓我再諦聽風的歌聲

沿著田野傳送

給我春天新鮮的親吻

讓我呼吸花的芬芳

讓我躲在橡樹林內

再諦聽夜鶯的激情

我變化莫測的世界啊

有迷人的夜靜

讓我再次獨處

望著皎潔的滿月

給我宇宙酒喝

大地啊　妳的浪子回家啦⋯⋯

# 幸　福
## *Happiness*

誰能決定

幸福的意義

幸福啊　你是稀世奇蹟

火熱的串流

流自永恆的脈管

餵養我的心靈

我不再多問問題

我來來去去　運動是我的幸福

# 天　地
## *Heaven and earth*

愛情啊　妳不知來自何處

永遠不明不白

定駐在我的心中

妳是現實還是永久的幻影

大眾永遠無法瞭解妳

有時妳帶來樂園的快慰

但妳卻往往亡於

日常現實的網罟裡

# 無　望
## *Hopelessness*

給我意見告訴我

如何能夠逃避

這緊密的海貝殼

逃避枯燥噩夢的

幽暗海角

不能實現的希望

我知道　有時似乎

斜坡無止境

如何不要跌入

可怕的深淵

我絲毫不明白

世界上有些事真糟

# 我的心情多麼善變

## *How changeable is my mood*

可怕的淒雨流下我的脊梁

那是令人驚悚的徵兆

爆開炸彈的後果

或是魔鬼嚇人的設計

我突然心裡明白

我的生命一無是處

我不過是神祕的小島

啊，我的心情多麼善變

# 悲傷是什麼樣子？

## *How does sadness look？*

悲傷是什麼樣子

痛苦　憂煩　粗暴

當你的生命破碎

當你無家可歸

或許是非顛倒　不懷好意

當失敗緊跟著你

或者看似悶悶不樂

當你單調地推著手推車

疲於困苦的生活……

# 我怕妳不會是我的

## *I am afraid you cannot be mine*

妳出現在我夢中像廟裡女神

妳以顫抖的手臂碰我

發射愉悅磁性的魅力

妳真奧妙　妳是天賜

我不停歇啜飲這甘露酒

我迷醉了　我相當驚惶

妳會消逝像空中一道煙

我怕妳不會是我的

# 我是永遠的春天兒童

## *I am an eternal child of spring*

我是永遠的春天兒童

我與溫柔的繆斯戀愛

完全融化在她的子宮內

我張開浪漫的翅膀飛翔

我是一位幸福快樂的人

吟頌靈性的歌曲

我的聲音格外激昂

我感到有力　我是王之強者

我知道確實必須給每人

帶來晶瑩閃亮的露珠

每當有人發現霓虹彩色

就會開始歡笑歌唱

# 我是永久運動的一部分

## *I am a part of eternal movement*

我是永久運動的一部分

我心裡記著

從世紀大爆炸迄今

世界上發生過的事事物物

我記得石斧

以及潮濕洞穴

青銅和鐵器世紀

古代埃及和金字塔

我記得血流成河

每次戰爭都這樣

我是這些事件的目擊者

當人征服了太空

飛往月球

我記得最後的資訊爆炸

當個人電腦

以及手機電話

遍及全世界

在最近的將來

我還能期望什麼

我不過是一件小東西


我的記憶極限在哪裡

當負擔如此沉重

而我的記憶會超載

那麼宇宙或許會瓦解

再度變成洪荒

那麼　可能會發動

一次新的大爆炸

# 我是月光的銀魅

## *I am a silver ghost of moonlight*

我是月光的銀魅

一位孤獨冷漠的人物

我與眾不同的特點

是在夜裡獨自徘徊

我的臉色蒼白

我在月光杯裡沐浴

無人理睬的可憐傢伙

被遺忘的愛情騎士

# 我厭倦了暴力和戰爭

## *I am fed up with violence and war*

我厭倦了暴力和戰爭

我無法在剃刀邊緣平衡

我無法以雪橇俯衝冰山而下

我無法再禁得起這一切

我已經陷入折磨痛苦太久

受不了聽到罪惡的事

生命不過是薄薄的一毛錢

我無話可話　一切徒然

# 我掛在牆壁上如黑白肖像

## *I am hanging on the wall like black-and-white portrait*

我掛在牆壁上如黑白肖像

想念著妳

生命在幸福的蕭瑟夢中消逝

不再回首　我知道

我試圖在回憶中保存

那些迷人夜晚的少許愉悅細節

充滿純真無邪的親吻

我想起許多激動的歎息

閃現乳白色的肩膀

炯炯的眼睛充滿愛意

我還看到燃燒的蠟燭

難以遺忘的夜⋯⋯

黑白肖像佈滿塵埃

又是綿綿無盡的雨

生命在幸福的蕭瑟夢中消逝

前景沒有希望

# 感謝妳，命運

## *I am thankful to you, my fate*

感謝妳　命運

妳給我機會存活

在此粗暴的世界

充滿仇恨敵意

百萬人民死在戰鬥中

可是我倖存

我不知何以天使留我生命

世界上有些東西

重要性勝過

我們的經驗和知識

我感謝我的命運

不論是苦悶還是快樂

# 我是愛的園丁

## *I am the gardener of love*

我是愛的園丁

我保護小幼苗

我是愛的園丁

我每天澆水

我是愛的園丁

我希望大豐收

我是愛的園丁

園裡滿是植物

我是愛的園丁

我等待心的回應

# 我建造奇妙的房屋

## *I build my strange house*

我建造奇妙的房屋

住有回憶　苦悶

和我的幻想

有時我的房屋傷心空虛

有時充滿幸福

我的房屋像海市蜃樓

當我在持久疑惑的

沙漠中精疲力竭

帶我到嚮往的綠洲

這房屋是我的庇護所

靈感從天而降的地方

讓你感到像國王

我是多麼幸福啊

在此短暫時刻

# 此刻我無法想像

## *I can't imagine for the moment*

此刻我無法想像

我所寫的一切會消失

沒有子孫會談論

我所見所聞　永遠不會

碰到賦予生命的石頭

以心跳的指示……

我無法想像會孤單

像墓地枯葉的康乃馨

我無法想像未遇見妳

有灰燼取代火燄

多雨時節會壓制

任何進展　最卑微的欲望

我吻妳大理石般顫抖的肩膀

我多麼高興　多麼陶醉

讓永恆封閉此份卷宗……

嘉拉娣雅喲　我深愛的繆斯

# 我不在乎

## *I don't care*

我不在乎詮釋我風格的

霧障　黑白的比率

我信任自己典律的感覺

不在乎究竟是錯或對

我在自己的天空裡翱翔

明亮　無雲而燦爛

我喜歡我的避風港

我可以安靜思考和寫作

# 我照鏡

## *I look in the mirror*

我照鏡

注視我發亮的眼睛

看似還在彈唱我的七弦琴

天空仍然晴朗無雪

朋友　祝你健康　快樂

我最最親愛的老年

你希望奇蹟出現

唉　酷兒過時的賢人

# 我愛妳如昔

## *I love you as before*

我知道妳不會回來

我知道妳往前不再有希望

我再也看不到妳的笑容

我心中永遠懷著悲傷

但我在記憶中感覺到

相思樹的同樣味道

我聽到黑海浪濤的同樣喧嘩

沒有變化　我愛妳如昔

# 我凝視自己心靈的鏡中

## I've gazed into mirror of my soul

我凝視自己心靈的鏡中

試圖發現有些新的事物

有些不尋常的色調

或是連續發亮的目標

唉　毫無可以檢討的東西

我找不到任何崇高事項

有什麼理由浪費我的時間

遊戲結束　再見　再復來

# 我始終到處尋找妳

## *I've searched for everywhere all the time*

我始終到處尋找妳

路途是多麼長遠多麼曲折

我聽見妳的聲音卻找不到　唉

愛人　高貴　隱名　秀氣　住何處

我繼續固執攀登

險峻無法測量的頂峰

我日夜尋覓愛慕的女神……

誰確實知道愛情典範的意義

# 我但願

## *I wish I were*

我但願是敞開的門

迎向早春的喜悅

感覺像是可愛掌權的國王

或者像是著名的鬥牛士

我但願是歌唱的鳥

連續不斷唱出陽剛的歌聲

我好想高唱自己的歌直到

人人都說　他是一隻鳴禽

我但願是雪白的雲

在空中輕飄飄遨遊四方

我請你見諒　不知為何

自己大剌剌訴說我的願望

# 我但願是永恆書上的一行

## *I wish I were a line in eternity book*

我來到這暴力的世界

要活在愛的榮耀裡

告訴妳我由衷的話

像鴿子為妳帶來和平

我徬徨很久

受到人類悲傷的測試

我厭煩了傷心的歌曲

詠嘆孤獨撕破的樹葉

我來此要擔當一切

從日出直到日落

從新綠的春天到頹敗的秋日

我永遠不會忘記

新鮮秣草的芳香氣味

金黃橘子的多汁馥郁

高速公路的嚴重塞車

永久世界的天上旋轉

我聆聽高聳松樹的軋軋聲

傍著潺潺溪流的呢喃

我但願是永恆書上

一頁中的一行

# 我願與妳長相左右

## *I would like to stay with you*

我願與妳長相左右

像無止盡流動的海浪

啊　愛人　我準備放棄

我的老命融入妳的生命

我願與妳長相左右

保護妳日日夜夜

我願做為妳的燭光

照亮一切煥然一新

我願與妳長相左右

擁抱妳像是天使的夢

遍佈像潺潺低語的溪流

討好妳像是早晨的清露

我願與妳長相左右

感覺我的餘生毫無畏懼

不再想消失無蹤影

不再想對妳說再會啦

# 要是我能把感情形諸文字

## *If I could put my feeling into words*

要是我能把感情形諸文字

要是我能實現我的夢想

要是我能創作暖和的灣流

要是我能敲擊敏感的心弦

我就會告訴妳

妳是我最大的財富

我以最完滿的容量愛妳

我全部屬於妳無任何保留

# 幻覺的寧靜

## *Illusory silence*

別相信寧靜

會騙你

你會在夜裡靜靜入眠

但明天一陣狂風

會摧毀一切

森林寧靜入夢

樹葉在悄悄細語

但這寧靜是幻覺

因為森林之火會驟燃

若你心寧靜　危險哦

因為你不知道

你的愛人會發生什麼事

在下一時刻　別忘

寧靜是颱風的前兆

否則會太遲

來不及應變

# 早晚會輪到我

# *In time my turn will come*

早晚會輪到我

我將踏入另一個世界

靜悄悄不增紛擾

我逐漸衰弱的身體啊

此生遭受許多苦難

但兀自唱自己的歌

唉　世界上沒有永恆的事

我的一生有過許多事件

我的一生有過許多悲喜

如今我選擇另一途徑

世間遼闊在霧中迷惘

以前神聖物愈來愈暗澹

風在廢墟間吹拂

同樣藍天在大地之上……

# 我似乎又看到妳的笑容

## *It seems to me I see your smile again*

我似乎又看到妳的笑容

我的心像以往震動

妳再度出現在我夢中

妳望著我不發一語

回憶的波浪回潮

我祈求神讓我夢醒

我愛妳如故　可是如今

我苦悶的荒漠獨處

我的一片幸福藏在某處

我怕會永久失落

# 讓我們遺忘舊恨吧

## *Let's forget about all strife*

讓我們遺忘舊恨吧

告訴我幹嘛要爭鬥

讓我們今晚彼此熱愛

請記住　生命多麼短暫

讓我有機會感觸妳的胸懷

讓我親吻妳熱烈的唇

來吧　我的至愛　開懷吧

我渴望妳的本質和韻味

# 讓我們結伴去航海

## Let's take an ocean trip together

讓我們結伴去航海

讓我們看看不同的國度

住在五星級旅館

觀摩其他人民的生活

我們會目睹難忘的

日起和日落

我們有唱不完的歌

我們會寫許許多多新詩

我確知與妳同在

世界是多姿多采

沒有妳會變得暗澹無聲

# 愛情綿綿無盡
# *Love is endless*

生命是多面向　像萬花筒

帶著光呈現明亮的閃耀

或者看似鯊魚的顎齒

有些危險　有時賦予希望

你或許會被粗繩困住

或許是愛情之王或被驅使的人

你或許會受罰或許被寬恕

你或許會登頂或許滑下坡

愛情始終以無常的形式在變化

有時看似嚴肅的祭典

有時是炎熱或是寒冰

改變我們的生活和轉型

愛情或許安詳或許帶來風暴

把快樂帶給每一個人

或許回報事務盡其所能

有時冷漠　偶爾溫馨

愛情的顏色有你千種丰采

而你永遠不會明白

這未知的領土如何綿綿無盡

你總會發現有些東西煥然一新

# 愛情不能預料

## *Love is unpredictable*

我的往日乍見瘋狂

七上八下的長命鍊條

我一飲而盡整杯愛情的苦酒

我全部情事的舞蹈演出

我心中永記初戀的祕辛

炯炯的眼睛　挺胸

她給我如此舒暢的安寧

啊　我怎會失去那燦爛的機會

後來因為命運的意志

我的心再度受到創傷

不幸　炙人的痛苦

悄悄通過敞開的大門

好不容易釋懷解放

我嚴重受傷的可憐心情

我失去希望　我普通的目標

我能對愛情期待什麼

不　我不想再爭辯

愛情表示　地獄還是樂園

我沒有答案　我沒有那麼聰明

愛情是不可限量　那就上鉤吧

# 三　月

## *March*

三月　春來了

灰濛濛的雪融了

白嘴烏鴉出現了

空氣瀰漫含羞草香味

我手中提著

小桶雪花蓮

一如我往常

當我吻了妳的唇……

# 晨　夢
## *Morning dream*

整夜我無法入眠

直到清晨我在夢中見到

邱比特　從箭袋裡取出箭

射到我心裡　我戀愛啦

我記得妳微張開口

呼吸早晨的氣息……

我滿懷欲望　像夏天驟雨

像初戀時的熱浪

# 繆　斯
## *Muse*

我的繆斯躲在樹林裡

我的繆斯沿山坡打滾

我的繆斯在叮叮噹噹的車上

我的繆斯在溫和的微風中

我的繆斯在夜鶯的婉囀裡

我的繆斯在銀色鐘內

沒有繆斯我無法安居

祂是我的喜樂和技藝

# 無　常
## *Mutability*

花在早晨笑開

不顧慮明天

何時凋謝

生命是如此脆弱

夢如幻

有時愛的光輝

照耀我們

但隨後百無聊賴

在我們心旁舞爪

無情的雨傾瀉而下

從灰白的天空……

# 夜思夢想之樂

## *My nightly thoughts whimsical delight*

夜思夢想之樂樂何如

當我披著滿天星星的圍巾

掌握這空曠熱情的世界

坐在散射燭光的陰影下

老實說　我不喜歡炙熱的日光

我也不愛燦爛炫耀的風景

我樂於發現異想逃避到

我深愛的不能透視的午夜

我喜歡神祕　緩緩滾動的月亮

我喜歡乳白色淒冷的月光

當我陶醉在甜蜜的夢中

用銀匙攪拌著黑咖啡

溫柔詩神仍然深信我的能力

有時祂會戲弄我　片刻後

我們又對視泛起微笑……

我喜愛這幽暗奇妙孤寂的夜

# 可憐的花，我還是不明白

## *My poor flower, I still don't understand*

可憐的花　我還是不明白

妳怎能活在柏油和石頭之間

妳的生命充滿永久的呻吟

妳的土壤變成焦油和砂粒

可憐的花　如今妳怎能挺身

頂著排放氣體的煙霧

妳怎能活在永遠的緊張下

思考虛擬的童話仙境

# 啊，妳像我見過的凡人
## *Oh, you are like nobody I ever meet*

啊　妳像我見過的凡人

妳閃耀如像白雪峰頂

妳又燦爛又多采多姿

像阿爾卑斯山的花卉

妳優雅宛如紛紅珊瑚

我已經等待好久

新的愛與美女神出現

妳真正美啊　我的愛

# 只有青春才冀望登峯

## *Only youth hopes for the best*

當你自顧走過

街道的幽暗側

你心跳如警報

你聽到每一步伐

傳來的回聲

當你找到廉價旅館

吃冷的熱狗

睡倒在霉床上

當你不再期待

生活上有什麼好事

也不看看枯葉

已斑斑腐爛

當你想到四月依然花開

你自娛自己

說夏天即將來到

夜鶯又會歌唱

你會照舊談戀愛

你真是老笨柴頭

夢醒醒吧

你的破船觸礁啦

# 紙燈籠
## *Paper lantern*

許多年前我陷入情網

妳贈我一個紙燈籠

不幸我們分手

燈籠內的蠟燭

沒有點燃過

紙一天一天老化

紙燈籠失色

我的生命枯燥

我再也沒見過

朝暾旭出

# 飛馬星座和馬

## *Pegasus and a horse*

飛馬星座和馬有所不同

飛馬星座　有翼的戰馬　喜歡飛

馬在馬廄吃燕麥和黑麥

飛馬星座快樂嘶鳴　儘管嘶鳴

飛馬星座興奮　敏銳且勇猛

喜歡明亮的隱喻　寓意

但說到馬　是另一回事

非常明白馬鞭的意義

飛馬星座自負的鬃毛鬈曲

名氣很大　太過驕傲

不在乎嘮嘮叨叨的群眾……

生活對於馬是無盡的圈套

有時我們想成為飛馬星座

張開榮耀之翼在空中飛騰

可是我們很快就發現不能飛

欸　我們只是勞動的馬……

# 或許妳會聽到我遺忘的歌

## *Perhaps you'll hear my forgotten song*

或許妳會聽到我遺忘的歌

或許妳也會流下一滴無聲的淚……

誰知道　在我名字消失的時候

命運冷酷　誰會受到大家擁戴

我確實不知道何時和多久

我的歌會感動官能的耳朵

讓上天祝福豐饒的歲月

當妳仍然聽到我回響的歌聲……

# 詩人的幻想
## *Phantasy of a poet*

外面冷冰冰

但我的室內是炎夏

我微笑凝視迷人的花束

因為我不知道是誰帶來

滿抱的雪白玫瑰

或許根本不存在吧

那是我的幻想　可能我在戀愛

我又聽到心中雷響

我充滿幹勁　我是巨人

# 詩　人
## *Poet*

你是空有押韻技巧的詩人

你的思想沉溺在古往的昔日嗎

你的詩行被覆冰冷的腳韻

你困惑於無人信任嗎

或是你是一位起床號的喇叭手

號召人民聽你神聖的話語

如果你在內心創造殷紅的晨景

著名的詩人啊──是你的報酬

# 可憐的詩

## *Poor poetry*

詩　人性感情之后

你以前的榮光何在

今天是另一則愛情故事

我們都是魔藥的奴隸

隱性的呼吸何在　那氣息

餵養你的心靈和欲望

舞蹈繆斯特普西科瑞

被遺忘的聖火何在

我們變成俗民文化的病患

可憐的詩索求施捨

伸出蒼白顫抖的手臂

在貪婪兀鷹的威脅下

# 不信「塵歸塵」的老道理

## *Reject an old truth "From Dust to Dust"*

不信「塵歸塵」的老道理

我們不是塵土　我們是活人

我們敬仰千千萬萬的事物

我們不被千年的腐植土掩蓋

我們確實是獨特的活人　相信吧

我們有點名堂　不是散砂

我們是魔幻奇境中的精彩部份

具有意識而且準備要

號啕大哭或是受到責難

沒有人可以撕裂分開

我們是活人　我們不是塵土

# 回　憶

## *Remembrance*

氣候很好

讓我們坐下來彼此相看

因為我們不明白

我們明天將如何

讓我們回憶年輕時

我們的頭髮尚未灰白

我們的臉上沒皺紋

讓我們回憶那火車

載我們到黑海

讓我們回憶午夜的愛情

時間的水流多麼快速侵蝕

我們生命之河的兩岸

啊　那些歲月是多麼艱苦

我們一起耗費了多少追求名利的日子

如今我們不能再心神嚮往

克里米亞度假聖地一如往昔

讓我們坐下來　靜靜地

手握手

讓我們回憶我們的生活

再度彼此相看……

# 玫瑰信封
# *Rose envelope*

很高興接到舊時代的信

望著玫瑰信封想起年輕時光

唉　所有鴿子都飛走啦

邱比特的箭袋裡已無箭

妳是我喜愛但情火已熄

打開信封吧　多美呀

四角有天使圖像以及

祝情人節快樂字句

「我寫信給你敬致我的愛

我不認識你　或許永遠不會遇見你

但我心中記住你描寫愛情的優美詩行」

俄羅斯詩人普希金著作的

《葉甫蓋尼·奧涅金》女主角達吉雅娜

著名的獨白就是「我寫信給你……」開頭

我不是普希金　親愛的　我希望

妳能找到有更年輕的人

妳可以送他祝情人節快樂賀卡

我再度望著玫瑰信封

有兩張郵票和郵戳日期

四角有四位天使圖像……


啊　我敬愛的年輕朋友　若是我很年輕

或許讀到妳溫柔的字句會禁不住流淚……

# 寂靜的黃昏

## *Silent evening*

　　白日已盡而漸褪的紫色天空

　　又在告訴我們逍遙的生活

　　妳的心靈充滿喜悅

　　但妳的身體仍然受困

　　告別的時刻到了

# 睡美人
## *Sleeping beauty*

妳笑盈盈睡著

而妳的體態多動人

妳的氣息像孩童

我凝視妳準備

把銀網紡繞妳四周

把妳隱藏避人窺視

我多麼愛妳啊

我睡眠中的天使

# 南國之夜
## *Southern nights*

南國迷人之夜

有海的味道

在滿月下

妳溫柔而晃盪

我多麼喜歡妳款款眼神

和妳絲綢般肉感的肩部

天上亮麗的星星像燭光閃熠

南國之夜……甜蜜的夢

# 留在我身邊多一些

## *Stay with me a little more*

摸我的手　親愛的

當我心頭壓著那麼重的石頭

我的時間已過　我不再

關心這一生的事

留在我身邊直到最後時刻

在黑暗周圍　我的眼睛之前

我不知道灰色世界何所指

在此困難時請留在我身邊

留在我身邊在無盡的旅行出發之前

請原諒我缺乏顧慮

摸我的手　親愛的

給我告別的親吻……

# 夏　夢

## *Summer dream*

當你在涼亭裡歇息

你的思想在遠方徜徉

夢的蝴蝶棲止在你眼皮上

你渾然忘我　四周靜寂

你的身體被太陽烘熱　葉影

在你臉上跳舞　蜜蜂嗡嗡……

啊　夏夢帶來多少舒暢

你沉沉入眠渾然不知

你到底身在何處飄蕩

啊　如此夏夢幸福的時刻

# 夏 午
## *Summer midday*

水蓮遍佈處處

蜻蜓拍著翅膀

螞蟻忙得團團轉

沿著遺忘的小徑

每一片草葉都熱焦了

我們語句無法形容

陽光下一滴水

多麼有魅力

頭昏是多麼甜美

大黃蜂飛停在

半睡花卉的花粉上

夏午之夢令人心滿意足

世界不需急急忙忙

時間之流已緩慢下來

# 溫　柔
## *Tenderness*

我不知道沒有溫柔如何生活

溫柔到處與我們同在

有時靜坐在花朵上

像是蝴蝶或是大黃蜂

我不知道沒有溫柔如何生活

妳的睫毛如何翕動

妳的眼波如何閃爍

夏雨如何來臨

我不知道沒有溫柔如何生活

溫柔是神祝福的贈禮

妳吻愛人不能沒有溫柔

如果妳想談戀愛

# 裸體之謎

## *The enigma of naked body*

長久以來許多藝術家

試圖解開裸體之謎

發現到特殊的細節

迷惑他們的眼睛

透過柔細皮膚

微惟精妙的光譜

以及雪花膏的亮光

你準備坐下來

開始描繪那奇蹟

讓我們分解所有細部

讓我們再度集攏所有組件……

唉　這方式不對

你不能用代數描繪

裸體之美

讓我在心裡感受

讓我像豪雨奔跑

飲用愛之甘露

我有幸　讓未開竅者

書寫有關裸美的精湛論文

而在博物館內瀏覽的觀眾

則專注著生命的裸體……

# 隧道末端的光

## *The light at the end of the tunnel*

你無法想像我多麼討厭

可怕的黑暗　陰冷　什麼都看不見

在你無助的時候　你找不到

出口　你是命運的受害者

情況糟透　你只有等待

你正尋找隧道末端的光

你希望逃離這恐怖的隧道

終能打開封鎖的鐵門

# 愛的哲學

## *The philosophy of love*

小溪匯入河流

大河匯入海洋

過去如此　永遠如此

為何我們孤獨卻在一起　奇怪嗎

整天親吻山嶺

海洋波浪彼此擁抱

自由戀愛　自由親吻

不准碰的愛人　何不吻我呢

# 陶　罐

## *The pot of clay*

人們會以為　小事情

製作一個簡單的陶罐

你只需轉動陶藝輾轤

每天做同樣的動作

對不起　你不能說

一個陶罐沒什麼了不起

轉動輾轤已歷幾世紀

許多罐被埋沒　又舊又灰暗

萬一你在沙中意外找到

式樣優雅的一個陶罐

如此完美　不單是人

連上帝的手也喜歡把玩

# 有永遠難解的結

***There is an eternal knot of problems***

　　有永遠難解的結

　　在情理之間　　得不到

　　有關世界正確的知識

　　妳又遁入未知界

　　妳無法砍斷

　　這永遠難解的結……

# 總有一個時候

## *There will be a time*

總有一個時候

會下雨

你的苦心會跳警報

或許　你會說　這種氣候

你的臉色會蒼白像石灰

你會把手臂支在椅上

說　再見啦　情事

生命何價　不值一毛錢

# 麻雀好鬥成性

## *The sparrows are fighting aggressively*

麻雀好鬥成性

搶奪麵包屑……

那不歇的精力綿綿

盤旋日日夜夜

我聆聽這永恆歌聲

在栖栖皇皇的生活中

始終鬥志昂揚

瘋狂狠鬥的雀群啊

你們為什麼老是錯啦

看看那霍霍銳利的刀

不可信　輕率　滿是

謊言……　告訴我

這種狂妄會持續多久

聰明的牧羊者何在

誰能使群眾遵守秩序

誰會敲響神祕的鑼聲

# 人生的苦味

## *The taste of a bitter life*

我沿無盡的道路打滾

嘗試找尋自己此生的位置

感受血腥刀刃的銳利

尋覓庇護的港灣

我倦於暴起暴落

我遭受過謊言的羅織

我不願提早棄世

我不願走入歧途

我偏愛自製的銀網

可以在此永久歇息

可以找到靜靜無風的巢

眺望守恆的潮漲潮落

# 心靈之風

## *The winds of soul*

人的心靈喊出求救的聲音

命運收拾我帶走像一陣風

有時把我丟進地獄的火燄中

我是慢慢啃噬你像有害的鐵銹

心靈之風　繞著世界飛翔

經過沙漠的炎熱和海洋的廣濶

經過冰山徹骨的寒冷

經過傍晚草地氣息的芬芳

偶爾像一陣暴風雨

兇暴如天災和猛烈的颱風

因此獲得愉悅的溫暖

夏天雨中的玫瑰芳香

那是顫抖熱唇的低語

裝滿愛情烈酒的古代雙耳酒壺

或是海洋深淵的孤獨堤岸

或是清晨滿足的咕咕鴿子

心靈之風　如此快速又自由

但我們的心情隨年紀而敏感

我仍然活著　一株聰明的老橡樹

有夢想的心靈囚在鐵籠裡

# 此刻，凡塵喧囂

## *This moment, a terrestrial rustling*

處處在且無處不在

在妳我內心　此刻

凡塵喧囂　在大地上

在水中　在黃昏星

此刻永遠與我們同在

樹葉一動　雨一滴

早春蒞臨了⋯⋯

妳擁抱我

妳熱烈吻我

妳低語　我是你的人

# 時間流逝

## *Time is running out*

盛夏過了　秋天供我們熟果

如今冷風吹拂於

寒霜夢中的樺樹間

我抱喵喵貓坐著

想到歲月飛逝的人生……

我活得快樂嗎　我愛他人嗎

是的　但我的愛很特別

我愛草啦　風啦　天空啦

我愛動物啦　大黃蜂啦　鳥啦

我愛女人或單身女性優雅姿態

我感謝大自然

給我一切的感受

我不會抱怨命運

且試圖解決「存亡」的問題

我無法改變這世界上任何事

而我感謝神

我仍然活著坐在火爐旁

抱著喵喵貓……

# 鶺 鴒
**_Wagtail_**

小鶺鴒多麼逗人喜愛

跳上跳下一刻不休

不然就挺胸快跑

啊　輕快的尾巴多麼活潑

我喜歡她不可預料的繞飛

我太喜歡她每一個旋舞

我可以作證從未遇見

如此快活鳥充滿精采歡欣

# 從妳的美夢中甦醒！

# *Wake up from your amazing dream！*

從妳的美夢中甦醒

啊　我愛　綻放的玫瑰

讓我碰觸妳安詳的胸懷

啊　我永恆亮麗的陽光

我在妳炙熱的眼中看到光明

我在妳心中感受隱藏的火

把我從強烈的欲望中釋放

從妳的美夢中甦醒

# 四月的垂柳

## *Weeping willow in April*

我傷心望著垂柳

把淚水滴入河流

我想到我們多麼親近

同樣的淚　同樣的命

我們雙方感到孤獨

沒有愛　沒有希望……

我們能遇到多少四月

以我們垂下的枝枒

# 松樹的絮語

## *Whisper of pines*

沿沙灘海岸

松樹的絮語多麼使人心動啊

秋天尚未蒞臨

我又已墜入情網

我的愛情興起　妳的形象迷人

讓邱比特把箭全部送到我心頭

# 凋敝的年代
## *Withered age*

熱情的想像之翼

正試圖脫出閉鎖的樊籠

在生命的舞台上有無止盡的戰爭

介於無聊的存在和靈感之間

凋敝的年代有多麼脆弱的幼枝

我們的感情像是青苔斑斑的石頭

我們被遺忘　我們孤單

戲劇展演　沒有一頁書面的腳本……

# 女人始終渴望愛情

## *Woman is thirsty for love at all times*

女人始終渴望愛情

帶著下垂的金屬鬈髮

夢想寶石和虹彩真珠

期待愛情　無際而又崇高

沉潛入海洋的深淵

夢想最珍惜的貝殼

自忖為風靡舞會之花姝

渾身充滿熱烈的情感

她往往不瞭解

至福是如何遙不可及

流砂是如何變動無常

# 妳是我的！

## *You are mine*！

妳是我的　我想不到

我愛的女人　竟然是我的

我打開所有的門窗

對風大聲叫喊

把我的愛之頌帶給

地球上生活的每一位

沒有比妳更好的女孩

沒有人比我愛得更深

# 妳是我可靠的情人

## *You are my reliable love*

我不要看到淚如流水

我不需要激情

我不喜歡打雷閃電

我不要心愛的人爭吵

我喜歡與妳同在　握住妳的手

我想要擁有妳是神賜的禮物

我想要凝視妳的眼睛確信

裡面永遠不會出現謊言

我希望兩岸間的橋梁

在我們河上可靠許多歲月

我期待妳是我來自天上的蜜奶

我想要妳成為我可靠的情人

# 妳仍然滿懷愛

## *You are still full of love*

我精疲而妳力盡

黎明快來了

但妳仍然滿懷愛

我難料的貓咪

妳仍然滿懷慾望

妳的臉頰通紅發亮

如此嫵媚誘人的表情

滿懷隱藏愛的祕密

白天妳的眼神冷靜

如今貪求無饜

我是妳眼波的囚徒

讓我沉溺在妳的深處⋯⋯

# 妳不能遺忘妳所愛

## *You cannot forget your beloved*

別相信時間會療傷

這只不過是自我安慰

妳不能遺忘妳所愛

妳不能同意妳的情人

永遠一去不回

妳不能遺忘妳的愛

當妳眼淚滴落

在新摘垂萎的玫瑰……

# 妳找到歡樂時刻

## *You found a moment of joy*

歡樂像夏日來到

我們生活如何困苦都無關緊要

陽光穿透妳的心靈

把妳舊時悲傷撕成碎片

妳醒來　生命真美好

如今妳無法理解

為何妳的心靈囚禁

這麼多年

看呀　田野多麼翠綠

草地多麼芬芳

歡樂的河流繞過世界

生活上沒有紛擾

妳的心靈再度充滿歡樂

# 妳的呼喚是天上的蜜奶

## *Your call was heavenly manna*

我的生命又沉重又空虛

妳的呼喚是天上的蜜奶

是我再生的稀世餽贈

我聽到妳靈感的聲音

我又感覺到沙漠中

仙人掌變成綠樹

雛菊含笑如昔

迴轉木馬上坐滿歡樂孩童

蜻蜓在水面上飛翔

牛群在嚼鮮草

牧童吹奏起牧笛

我感到膜片的震動

我又高興了　我讚美

妳的聲音　我的卿卿
告訴我一次再一次
我再也無法忍受分離
忘了以前的無禮吧

國家圖書館出版品預行編目

詩101首 / 隋齊柯甫(Adolf P. Shvedchikov)著
; 李魁賢譯. -- 一版. -- 臺北市：秀威資
訊科技, 2010. 01
　　面；　公分. --（語言文學類；PG0307）

BOD版
譯自：One hundred and one poems
ISBN 978-986-221-331-5（平裝）

880.51　　　　　　　　　　　　98019628

語言文學類　PG0307

# 詩101首

作　　　　者 / 隋齊柯甫（Adolf P. Shvedchikov）
譯　　　　者 / 李魁賢
發　行　　人 / 宋政坤
執 行 編 輯 / 林世玲
圖 文 排 版 / 蘇書蓉
封 面 設 計 / 陳佩蓉
數 位 轉 譯 / 徐真玉　沈裕閔
圖 書 銷 售 / 林怡君
法 律 顧 問 / 毛國樑　律師
出 版 印 製 / 秀威資訊科技股份有限公司
　　　　　　台北市內湖區瑞光路583巷25號1樓
　　　　　　電話：02-2657-9211　傳真：02-2657-9106
　　　　　　E-mail：service@showwe.com.tw
經　　銷　　商 / 紅螞蟻圖書有限公司
　　　　　　台北市內湖區舊宗路二段121巷28、32號4樓
　　　　　　電話：02-2795-3656　傳真：02-2795-4100
　　　　　　http://www.e-redant.com

2010 年 1 月　BOD 一版
定價：170 元

# 讀 者 回 函 卡

感謝您購買本書，為提升服務品質，煩請填寫以下問卷，收到您的寶貴意見後，我們會仔細收藏記錄並回贈紀念品，謝謝！

1. 您購買的書名：＿＿＿＿＿＿＿＿＿＿＿＿＿＿＿＿

2. 您從何得知本書的消息？

　　□網路書店　□部落格　□資料庫搜尋　□書訊　□電子報　□書店

　　□平面媒體　□ 朋友推薦　□網站推薦　□其他＿＿＿＿＿＿

3. 您對本書的評價：(請填代號　1.非常滿意 2.滿意 3.尚可 4.再改進)

　　封面設計＿＿＿　版面編排＿＿＿　內容＿＿＿　文/譯筆＿＿＿　價格＿＿＿

4. 讀完書後您覺得：

　　□很有收獲　□有收獲　□收獲不多　□沒收獲

5. 您會推薦本書給朋友嗎？

　　□會　□不會，為什麼？＿＿＿＿＿＿＿＿＿＿＿＿＿＿＿＿＿

6. 其他寶貴的意見：＿＿＿＿＿＿＿＿＿＿＿＿＿＿＿＿＿

＿＿＿＿＿＿＿＿＿＿＿＿＿＿＿＿＿＿＿＿＿＿＿＿＿＿

＿＿＿＿＿＿＿＿＿＿＿＿＿＿＿＿＿＿＿＿＿＿＿＿＿＿

＿＿＿＿＿＿＿＿＿＿＿＿＿＿＿＿＿＿＿＿＿＿＿＿＿＿

## 讀者基本資料

姓名：＿＿＿＿＿＿＿＿＿＿　年齡：＿＿＿＿　性別：□女 □男

聯絡電話：＿＿＿＿＿＿＿＿　E-mail：＿＿＿＿＿＿＿＿＿＿

地址：＿＿＿＿＿＿＿＿＿＿＿＿＿＿＿＿＿＿＿＿＿＿＿

學歷：□高中(含)以下　□高中　□專科學校　□大學

　　　□研究所(含)以上 □其他＿＿＿＿＿＿＿

職業：□製造業 □金融業 □資訊業 □軍警 □傳播業 □自由業

　　　□服務業 □公務員 □教職　□學生 □其他＿＿＿＿＿

To：114

台北市內湖區瑞光路 583 巷 25 號 1 樓

秀威資訊科技股份有限公司　　　收

寄件人姓名：

寄件人地址：□□□

-------------------------------------------------

(請沿線對摺寄回,謝謝!)

## 秀威與 BOD

BOD（Books On Demand）是數位出版的大趨勢，秀威資訊率先運用 POD 數位印刷設備來生產書籍，並提供作者全程數位出版服務，致使書籍產銷零庫存，知識傳承不絕版，目前已開闢以下書系：

一、BOD 學術著作—專業論述的閱讀延伸
二、BOD 個人著作—分享生命的心路歷程
三、BOD 旅遊著作—個人深度旅遊文學創作
四、BOD 大陸學者—大陸專業學者學術出版
五、POD 獨家經銷—數位產製的代發行書籍

BOD 秀威網路書店：www.showwe.com.tw
政府出版品網路書店：www.govbooks.com.tw

永不絕版的故事・自己寫・永不休止的音符・自己唱